Tempo de chuva

Carlos Almeida
Ilustrações **Rafael Antón**

1ª edição
Conforme a nova ortografia

Copyright © Carlos Almeida, 2015

Gerente editorial executivo: Rogério Carlos Gastaldo de Oliveira
Editor: Richard Sanches
Coordenação editorial: Todotipo Editorial
Preparação de texto: Cláudia Cantarin
Assistentes editoriais: Andréa Der Bedrosian e Flávia Zambon
Auxiliares editoriais: Gabriela Damico e Patrícia Pellison
Produtor editorial: Elcyr Oliveira
Suplemento de atividades: Fabiana Camargo Pellegrini
Revisão: Isadora Prospero e Luicy Caetano
Produtora gráfica: Liliane Cristina Gomes
Projeto gráfico: Patrícia Pellison
Impressão e acabamento: Bartira Gráfica

Dados Internacionais de Catalogação na Publicação (CIP)

A445
1. ed.

Almeida, Carlos
Tempo de chuva / Carlos Almeida; ilustrado por Rafael Antón. 1. ed. – São Paulo: Saraiva, 2015.
72 p. il.;

ISBN 978-85-02-63478-7

1. Literatura infantil. I. Antón, Rafael. II. Título.

CDD 028.5

Índice para catálogo sistemático
1. Literatura infantil 028.5

Proibida a reprodução total ou parcial desta obra sem o consentimento por escrito da editora.

2ª tiragem, 2016

Av. das Nações Unidas, 7.221 – 2º andar
CEP 05425-902 – Pinheiros – São Paulo – SP

SAC	0800-0117875
	De 2ª a 6ª, das 8h às 18h
	www.editorasaraiva.com.br/contato

Todos os direitos reservados à Saraiva Educação Ltda.

203119.001.002

*Para Taninha,
sem precisar dizer mais nada.*

SUMÁRIO

Tempo de chuva 9
Clarice a bordo 13
Aquela gente 17
O Zimbinho 21
Daquelas laranjas 24
Os livros 26
Breves diálogos domésticos 29
Gente trabalhadeira 31
Coisa melhor 36
O polivalente 41
O candidato recomendado 45
O teste 50
Sem errada 53
Caso de vida ou morte 57
A caninana, o capeta e o babaca 62
O caso do aviãozinho.. 67

Sobre o autor 69
Sobre o ilustrador 71

Tempo de chuva

Naquele tempo parece que chovia mais. E mais forte. Os trovões pareciam amplificados pelos cômodos enormes da casa, pelo pé-direito alto e pelos imensos eucaliptos do quintal. Meu avô sempre falava que eles podiam cair. "São árvores fracas de raiz", dizia. E minha avó sempre achava que iam cair em cima da casa. Mas ele não se preocupava. E ia para a janela, olhar pela vidraça a chuva descer. Olhava com gosto, sereno, observando com prazer. Não sorria, mas eu sabia que ele estava sorrindo.

Logo chegava o meu pai, correndo, ensopado de chuva, e tirava as botas na varanda. As mulheres da casa, todas, já estavam à sua espera com a urgência de uma camisa seca, porque não há, para as mulheres de uma casa, nada mais urgente do que tirar uma camisa molhada de chuva.

Na área dos fundos, os empregados que estivessem por perto prontamente ajudavam a arrumadeira a tirar as roupas do varal, naquela correria incompreensível, como se cada gota de chuva fosse inutilizar definitivamente as camisas e as toalhas. Depois, voltavam a se abrigar e aproveitavam para conversar à toa com as empregadas. E, se a chuva demorasse, a cozinheira lhes dava café com broa. Nós gostávamos daquelas presenças estranhas à nossa intimidade, e ouvíamos piadas de uns sobre os outros e feitos mirabolantes e estórias de caçadas de passarinhos. Um deles me prometeu uma atiradeira e, se o meu pai deixasse, me levaria para caçar na florestinha.

Os trovões estalavam, monumentais, como se estivessem dentro de casa. Era são Pedro arrastando os móveis, dizia minha avó. E eu ficava imaginando o santo, gordo, arrastando móveis de um lado para outro, e aqueles móveis imensos e o chão do céu todo ensaboado.

E corríamos de um lado para outro, todo mundo dentro de casa. Era permitido até pular no sofá, e pulávamos bastante, de meias e de roupas de frio.

Certa vez, há mais tempo, caiu uma chuva de pedras que espantou até os adultos. Ninguém nunca tinha visto nada igual. Nós não podíamos sair na varanda, com medo de ser atingidos por uma pedra grande. Foi uma rajada rápida e impressionante. A graminha da frente ficou branca. Caíam pedras arredondadas e enrugadas. Ao mínimo descuido, dávamos investidas rápidas na calçada para apanhar o gelo. E ficávamos chupando as pedras, com gosto de nada.

E lembrávamos de outras tempestades e, excitados, fazíamos planos para depois que a chuva passasse. Já tínhamos separado o calção mais velho e, antes do fim da chuva, tiraríamos as roupas e os sapatos e correríamos para as poças, sem pedir a ninguém, pois havia coisas que podíamos fazer, mas não podíamos pedir. E iríamos pular dentro das poças, arrastando os pés na água represada e sentindo a lama fina, algo que quem nunca fez não pode entender. E nos iriam chamar, algumas vezes, sem muito interesse: "Cuidado que pode ter caco de vidro", "A chuva está aumentando de novo", "Venham… todo mundo pra dentro!". Mas não iria adiantar, era só o começo. Faríamos barcos e represas, e então destruiríamos as represas, que era a melhor parte da brincadeira. Bateríamos guerra de lama, e um de nós iria chorar, com lama nos olhos, e

iríamos brigar de socos e iríamos ficar de bem na mesma hora, e seríamos chamados para lavar o carro, o que começávamos tão bem, mas nunca acabávamos. No fim, iríamos direto para o tanque de pedra, um tanque imenso, nos fundos da casa, e entraríamos, todos de uma só vez, para tirar a lama do corpo. Conforme o barro saía, ficávamos na porta da cozinha, tiritando de frio, esperando a água escorrer para entrar no banho de chuveiro, com água morna e agradável, não sem antes ouvir: "Deixem esquentar bem a água, que é para matar os micróbios", "Enxuguem bem o cabelo", "Sequem entre os dedos dos pés". Por fim, iríamos direto para a cozinha, onde tomaríamos leite quente para não gripar.

Os planos eram tão bons quanto a realização.

Na sala, chegava o aroma do café fresco. Os adultos conversavam felizes, sem cerimônia, como se a tempestade fosse uma trégua no mundo. E havia um sentimento bom, de cumplicidade com a natureza. Havia calma. Era tempo de chuva e, por isso, da chuva era o tempo.

E meu avô continuava na janela, em paz. Sabia que os eucaliptos caíam, mas não os seus.

Clarice a bordo

Um carro para ao lado do meu no sinal luminoso. Dentro, um casal, que discute muito, e uma criança. A mulher ao volante. Os vidros fechados abafam a discussão. E o casal cada vez mais exaltado. E gesticulam. E dão sobressaltos. E jogam as mãos. A criança, no banco de trás, acompanha tudo, atônita, tensa, com a mochila no colo. Quando a situação piora, põe as duas mãos nos ouvidos e se recosta devagarinho, colocando as pernas curtas para cima do banco. Fica assim por uns momentos. De repente vira-se para a janela e percebe que eu estou olhando. Desvia o olhar, envergonhada, disfarça e volta para o meio do banco.

O sinal abre e a mulher arranca com o carro. Fico olhando o veículo enquanto se afasta em alta velocidade e a cabecinha vai sumindo no banco de trás. Fico pensando na expressão daquela criança. Parece tensa, amedrontada, mas, principalmente, parece desiludida. Como se desilusão fosse sentimento que criança pudesse ter.

O trânsito está lento e eu ziguezagueio devagar, na tentativa de me desvencilhar da fila de ônibus ao meu lado. À frente, o sinal fecha novamente, e um motorista me cede a vez. Eu entro atrás de um carro e, quando noto, é exatamente aquele em que o casal brigava lá atrás. A discussão continua. E a criança, do mesmo jeito, acompanha a desavença, olhando, acanhada, para as pessoas nos outros carros. Alerta a tudo.

Incomodado com a situação, observando o carro, percebo, colado no vidro traseiro, um pequeno adesivo, desses com um desenho infantil e uma carinha alegre de criança, em que se lia "Clarice a bordo". E fico pensando em Clarice, ali, a bordo daquele caos.

O caos continua. A mulher, cada vez mais exaltada, coloca o dedo em riste na cara do homem, que reage dando-lhe um tapa na mão. A essa altura, todo mundo já observa. E a criança, ali, paralisada, com os olhos arregalados, abraçando a mochila com força. De repente a porta do carro se abre. A mulher sai, xingando e soltando um monte de desaforos para o homem. Bate a porta com força, atravessa a pista, entra num táxi e some.

O homem, desnorteado, também sai, dá a volta no carro e assume o volante. Em poucos segundos torna a sair e solta um palavrão, dando socos no teto do carro. A mulher tinha levado a chave.

O sinal abre, os carros de trás começam a buzinar. A menina afundada no banco.

Colado na traseira do carro imóvel, com muito custo, eu dirijo o meu para o acostamento e resolvo descer, sensibilizado com a situação da menina.

O homem, ilhado no meio do trânsito, irrita-se com as buzinas e xingamentos que chovem sobre ele. Os veículos ao redor manobram para se desvencilhar daquele estorvo no meio da avenida.

Aos berros, ele pede ajuda a um e a outro para encostar o carro no meio-fio. As pessoas fogem sem dar atenção. Nisso, a criança abre a porta e desce para a rua. O homem está cada vez mais irritado. Rodeando o carro, com a mochila na mão, ela se aproxima de mim. O homem percebe a presença da criança e grita para que ela volte para o carro. Ela olha para mim e choraminga, sem saber o que fazer. Ameaça atravessar a pista e eu a agarro, tomando-a no colo. Ela esperneia e chora. O homem grita novamente. Eu a ponho no chão com calma. Ela volta para o carro e fica me olhando. Passo a mão em sua cabeça, procurando tranquilizá-la. Ela está tremendo. Não deve ter mais que seis anos. Eu converso com ela:

– Fique calma, Clarice, daqui a pouquinho está tudo resolvido.

Ela se vira espantada ao se dar conta de que sei o seu nome. Fica me olhando. Parece se acalmar e segura a minha mão. Um sorriso quase imperceptível muda a sua expressão.

Na rua aparecem dois guardas e começam a pôr ordem no trânsito. Desviam o fluxo, direcionam o carro para o meio-fio. Duas pessoas ajudam. Eu acompanho o carro, com a menina ainda segurando a minha mão. Clarice.

O homem está mais calmo com o carro estacionado. Apanha o celular e faz diversas ligações. Em pouco tempo resolve o problema. Alguém vai lhe trazer a chave reserva. Ele volta-se para a criança dentro do carro:

– Está vendo? Ela sabia que eu não podia te levar hoje. E agora? Como é que eu faço?

A criança não diz uma palavra. E o homem continua a falar a esmo:

– Era só o que me faltava!

Eu, sem saber o que dizer, ofereço ajuda. Ele me agradece secamente e diz que posso ir, que não há mais nada o que fazer.

Não havia mesmo. Dou um adeusinho para Clarice e fico, por uns momentos, olhando seus olhos puros, desejando levar comigo o seu fado injusto.

Antes de me afastar, a menina põe a cabeça na janela do carro e, numa frase derradeira, resume toda a sua breve história, a sua vida inteira:

– Pai, eu posso ir com o moço?

Aquela gente

Era uma dessas estradinhas de Minas. O carro parou na bifurcação do caminho.

– Por favor, esta estrada leva a Santa Luzia? – perguntou o motorista a um dos homens que estavam sentados na beira do caminho.

– Leva sim, senhore – respondeu um deles, tirando o cigarro da boca. O outro apenas concordou com a cabeça, sem dizer nada.

– E é longe até lá?

– É longe até lá – repetiu.

– Quantos quilômetros?

– Não sei quantos, não.

– O senhor não é daqui?

– Sou sim, senhore, desde em que nasci – respondeu. O outro meneou a cabeça, concordando novamente.

– E não sabe quanto tempo leva até Santa Luzia?

– Sei sim, senhore.

– Mas o senhor acabou de dizer que não sabe! – impacientou-se o motorista.

– Não sei os quilômetro... – corrigiu.

– Pois bem, quanto tempo, então?

– Ah, umas meia hora, de passo.

– Está bem, obrigado – desistiu o motorista. E já ia saindo quando resolveu perguntar sobre o outro ramo da estrada.

– E aquele caminho de cima, vai para onde?

– Vai para Santa Luzia.

– Também?! E por que o senhor não disse?
– Não disse porque o senhore não perguntou, uê.
– E qual é o mais perto?
– O de cima é mais perto.
– E eu ia pelo mais longo? – irritou-se o motorista.
– Ia, sim, o senhor já estava inté descendo.

O motorista fez uma pausa e, num esforço, recompôs-se, retomando a calma.

– Ótimo! Quantos quilômetros economiza?
– Não sei não, senhor.
– Mais ou menos, meu senhor! – descontrolou-se.
– Mais ou menos eu sei. Umas duas léguas.

O motorista, vencido, arrancou com o carro pela rua de cima.

– Gente nervosa essa, da cidade – disse o homem para o companheiro. O outro fez que sim com a cabeça, mudo.

Passados poucos minutos, volta o carro, de marcha a ré, e para na frente dos informantes.

Com toda a fúria que alguém pode conter, o motorista bradou:

– O senhor não disse que aquele caminho dava em Santa Luzia?
– Disse sim, senhor.
– Mas como, se logo adiante a ponte caiu?
– Ah, isso caiu sim.
– E por que o senhor não disse?
– Não disse porque o senhore não perguntou, uê.

O motorista explodiu em impropérios e, sem alternativa, bateu a porta e seguiu, furioso, estrada abaixo.

Fez-se um silêncio de segundos e, então, o homem concluiu:

– Gente nervosa...
O outro, que até então só observara, falou:
– Eles num guenta brincadeira, não.
E abriram, ambos, aquele sorriso invisível, que só pode perceber quem consegue captar a alma daquela gente.

O Zimbinho

Eu acabara de chegar ao lugarejo onde realizaria o meu trabalho e fui me informar sobre a pessoa com quem deveria me encontrar.

– Por favor, minha senhora, poderia me informar onde mora o seu Orozimbo?

– Orozimbo...? Não conheço, não. Mas, olha, o senhor está vendo aquela gente lá do outro lado da praça, um senhor gordinho, do chapéu grande?

– Estou vendo.

– Pois aquele é o seu Manoelzinho Pisca. Qualquer coisa que o senhor queira saber desta cidade, é com ele. Se o Manezinho não souber, meu senhor, ninguém mais haverá de saber.

Eu agradeci e fui procurar o seu Manoelzinho. Dei a volta na praça e me aproximei da roda.

– Boa tarde. Eu gostaria de uma informação.

Mal terminei de falar, e o homem saltou para o meio da roda, pronto para dar qualquer informação. Os demais não se abalaram, nem sequer fizeram um movimento, como se dar informações, naquele lugar, fosse privilégio exclusivo do seu Manoelzinho Pisca.

– Pois não – disse o velho, numa piscação de olhos sem fim, como que para justificar o apelido.

– Eu estou à procura de uma pessoa chamada Orozimbo. O senhor saberia dizer onde ele mora?

– Orozimbo? Não, não existe nenhum Orozimbo por aqui – disse o velho, taxativo.

– Mas… me garantiram que é uma pessoa muito conhecida.

– De forma nenhuma. Orozimbo aqui não tem nenhum, disso o senhor esteja certo – sentenciou de modo definitivo.

– Não é possível. Será que outra pessoa não saberia?

– Não, ninguém mais sabe, meu senhor, pois não existe Orozimbo aqui! – impacientou-se o seu Manoelzinho.

Nisso, aproximou-se um carteiro, e eu fiz um sinal.

– Por favor, meu rapaz, uma informação.

– Qual nada! – irritou-se seu Manoelzinho. – Vê se esse frangote vai saber alguma coisa! Ele mal conhece a meia dúzia de ruas aqui do centro!

Mas eu insisti.

– Por gentileza, você conhece algum morador chamado Orozimbo?

– Orozimbo? Sim, conheço – disse com naturalidade. – Aquele prédio verde, no fim da rua. Ele é o dono do bar que tem a cabine de telefone.

– Você está louco, rapaz! – bradou seu Manoelzinho, piscando sem parar. – Desde que eu me entendo por gente aquele bar é do Zimbinho!

– Pois é, seu Manoelzinho – explicou o rapaz. – Zimbinho é justamente o apelido do seu Orozimbo.

Fez-se silêncio geral. Num instante tudo ficou claro, e todos se deram conta do verdadeiro nome do Zimbinho. Quando caiu em si, seu Manoelzinho não se conteve: bateu com as duas mãos nas pernas e, rodopiando de um lado para outro, virou-se para mim, irritadíssimo.

– O senhor não podia ter feito isso! É um absurdo! Por que não disse logo que era o Zimbinho e eu resolvia a questão?

– Mas, seu Manoel... – tentei argumentar.

Não houve jeito. Arrasado, ele não ouviu mais nada.

– Sujeito besta! – e saiu resmungando. Resmungando e piscando.

Eu, meio sem saber o que fazer, fui atrás do Zimbinho. Besta que sou.

Daquelas laranjas

– Deixa que eu atendo, olha aqui o fogo – disse a dona da casa para a empregada, saindo para ver quem tocara a campainha.

Ao abrir a porta, um pirralhinho que mal alcançava a campainha estava na ponta dos pés, pronto para apertá-la novamente. Assustado com a madame, afastou-se um pouco da porta.

– O que você quer, meu filho? – ela perguntou.

O menino respondeu perguntando:

– Quer comprar laranjas?

E mostrou para ela um saquinho de plástico onde não havia mais de meia dúzia.

– Laranjas?...

Mas ele já havia tirado do bolso uma faquinha sem cabo (como toda faca de vendedor de laranjas) e, com uma destreza admirável, descascou uma e a estendeu à dona da casa:

– Prova uma...

Ela pegou a fruta. Estava tão azeda que teve de virar-se de costas, disfarçando para não desapontar o garoto.

– Está boa? – perguntou o pequeno.

– É... está boa, muito boa. Eu vou ficar com essas. Pena que você não tenha mais – disse, para livrar-se do pixote e ao mesmo tempo, penalizada, querendo agradá-lo. – Quanto custa?

O garoto disse o preço, e ela entrou para pegar o dinheiro. Em instantes estava de volta.

– Pronto, está aqui – disse para o garoto e, enquanto conferia o dinheiro, perguntou-lhe o nome.

– Eles me tratam de Zito.

– Pois toma aqui, Zito. Agora pode ir.

O menino pegou o dinheiro e foi embora.

Dois dias depois, a campainha tocou novamente.

– Se for o encanador, faça-o entrar pela cozinha. Ele vai ver o ralo do tanque – disse a dona da casa para a empregada.

Mas não era. E a empregada demorou a entender o que o visitante queria.

– O que foi, minha filha? – perguntou a patroa, de dentro.

Ela veio responder:

– É um garotinho querendo falar com a patroa. Diz que se chama Zito e está com uma cesta de laranjas. Mandou dizer que é *daquelas*.

Os livros

– Quer que eu segure?

– Não, não precisa, estão empoeirados – eu disse.

– Não tem problema – ela tornou com simpatia, estendendo a mão para a pilha de livros.

Agradecido, entreguei-lhe os livros e, por uns instantes, a olhei com expectativa. Deu-me a impressão de que ia levar algum assunto adiante, mas apenas reparou nas capas e sorriu, como se aprovasse a minha escolha.

Eu estava a caminho de casa, num daqueles ônibus que deixam o largo de São Francisco às seis da tarde. Dito isso, creio que mais nada precisa ser esclarecido acerca do número de pessoas que me acompanhavam na condução.

Durante toda a tarde eu estivera na cidade, entrando e saindo de lojas de livros usados, tarefa que me agrada demais. Depois de investigar prateleiras e prateleiras, eu regressava com o saldo de quatro livros muito bem pagos e um par de lentes irritando os olhos, incrustadas de poeira e fungos. Mas, afora isso e o fato de os demais passageiros do ônibus ignorarem meus pés, nada mais me incomodava.

E o ônibus seguia colhendo gente em todo ponto. Eu já estava perdendo o domínio dos meus passos, sacolejando pelo corredor, à mercê das freadas do motorista e do fluxo de gente. Em determinado momento, fui forçado a ocupar um pequeno vazio ao lado do motorista para que uma senhora pudesse saltar, operação que mo-

bilizou um terço dos passageiros, tal era a envergadura da mulher e a quantidade de coisas que sobraçava numa sacola de compras. Solícitos, diversos passageiros empenharam-se na empreitada, até que, degrau por degrau, a senhora alcançou a calçada e o ônibus retomou o seu trajeto. Eu, por minha vez, fiquei ali mesmo, já pensando na minha hora de descer.

Após quase meia hora naquele sacolejar, pelo pequeno raio de ação que me restava, avistei o Instituto de Educação, perto de minha parada. Com uma ponta de desespero, tentei me aproximar da porta, escalando calcanhares. Como num corredor polonês, me esgueirei por aquela rede intrincada de pernas e braços, até que fui projetado porta abaixo e alcancei a rua.

Já em terra firme, aliviado e a caminho de casa, lembrei-me tardiamente:

– Os livros! – bati com a mão na testa.

Corri os olhos sobre meu corpo, como se pudessem estar em outro lugar, e lembrei-me da moça do ônibus. Sem ação, ainda arrisquei uma olhada. O ônibus já estava no final da rua, levando a moça, com sua simpatia... e meus livros.

Breves diálogos domésticos

Cena 1
Oito horas da manhã. O marido senta-se para tomar o café e, ao apanhar o copo para servir-se de suco, observa que não está bem lavado. Após uma ameaça de irritação, vira-se para a empregada e diz:
– Minha filha, faz o favor de lavar este copo, pois, do jeito que está, não é possível. – E o entrega para a empregada.
– Mas, meu Deus, ainda ontem... – A empregada tenta desculpar-se, mas o homem mal a deixa iniciar:
– ... E traga também umas frutas para a mesa – completa, sem dar-lhe tempo nem conversa.
A empregada então lava o copo, traz as frutas e coloca tudo diante do patrão, que, sem tirar os olhos do jornal e de cara amarrada, resmunga um "obrigado" e encerra o episódio.
Com toda a certeza, daqui em diante, os copos virão sempre brilhando para a mesa, e as frutas não mais serão esquecidas.

Cena 2
Oito horas da manhã. A mulher senta-se para tomar o café e, ao apanhar o copo para servir-se de suco, observa que não está bem lavado. Sem alterar o simpático e franco semblante, levanta-se com o copo na mão, dá a volta em torno da mesa, dirige-se para a pia e começa a ensaboar o copo, ao lado da empregada, que lava verduras.

– Olha, minha filha, que sujeira este copo! Só pode ter sido lavado pelas crianças. Sim, porque lavar copos assim, só mesmo uma criança ou alguém sem nenhum capricho, você não acha? – pergunta docemente.

– Ah, é, só podem ter sido elas – retruca a empregada, serenamente e muito dedicada ao seu serviço. – Mas também, com esse detergente, não tem como ficar limpo.

Depois de uma pequena pausa, arremata, balançando a cabeça negativamente e falando para as verduras:

– Não se pode comprar detergente barato...

– Pois é – continua a patroa, em tom amigável –, a gente tem que fazer economia em tudo. Está tudo tão caro. Você não vê o salário? Quem pode com esse salário-mínimo? A mão de obra não presta para nada, mas todo dia cinco o pagamento *deles* tem que estar lá, não é mesmo?

– É, é isso mesmo – prossegue a empregada, calmamente. – E a senhora sabe que ainda tem gente que atrasa aquela *miséria* de pagamento? – diz, virando-se para a patroa, com ar de sincero e comovido espanto.

E por aí foram as duas, durante um tempão, nesse diálogo franco e amistoso, sem uma discussão, sem um grito, na maior cordialidade.

Com toda a certeza, daqui em diante, os copos continuarão vindo embaçados, o açucareiro vazio, sem a colherinha do café, sem frutas na mesa...

Gente trabalhadeira

Era um domingo morto, como todo domingo por ali. Sem movimento, sem fregueses, sem dinheiro.

Estavam os dois na porta da borracharia, desanimados:

– O senhor acha que vai dar certo, seu Juca? – perguntou o rapaz para o outro, um homem muito forte, já com certa idade, mas com uns braços com os músculos todos no lugar.

– Sei lá se vai – respondeu o homem, com pouco-caso. – Essas suas ideias...

Era uma borracharia pobre, de beira de estrada, com paredes descascadas, cujo emboço mal segurava a galeria de mulheres dependuradas. Na verdade, um cubículo, onde os dois destripavam os pneus furados com ferramentas pré-históricas: uma máquina de ferro, onde desmontavam as carcaças; uma banheira velha com água imunda, onde testavam as câmaras de ar; martelo; chaves; e um mundo de pneus velhos espalhados por todo canto, além de uma sujeira única e abrangente, que completava o quadro.

Ali, naquele improvável estabelecimento comercial, colavam-se câmaras de ar, testavam-se pneus e, principalmente, enrolavam-se os fregueses, com um serviço de última categoria e um preço de primeira.

De repente, um estrondo de pneu furado ao longe, na estrada. O carro diminuiu a velocidade, ziguezagueando sem direção. Entrou no acostamento e parou em frente à borracharia. Imediatamente o borracheiro se levantou, solícito.

O motorista desceu do carro, já imaginando o problema:
– Mais esta agora! – exclamou.
– Isso não é nada, seu moço. O senhor veio dar no lugar certo. Ao trabalho, Francino! – berrou, ordenando ao funcionário que se ocupasse do carro.

Imediatamente o jovem juntou as ferramentas para retirar o pneu. Fizeram o trabalho prontamente, o freguês pagou, reclamou barbaridades do preço cobrado e se foi.

– Nada mal, seu Juca.
– É, nada mal... – E voltaram os dois para a porta do estabelecimento.

Poucos minutos depois e outro carro encostou: pneu furado. O mesmo procedimento: retirar o pneu, colar, testar, recolocar, cobrar, ouvir a reclamação e dar adeusinhos para mais um freguês.

Mas, antes que este se fosse, outro carro com o pneu furado e, em seguida, mais um, quase juntos.

O acostamento ficou pequeno. Lá na frente, Francino informava aos carros que chegavam:

– É jogo rápido, patrão, encosta por ali, que não demora – dizia o empregado, orientando os carros com desenvoltura, enquanto o patrão se ocupava de outros, numa movimentada atividade.

Um dos fregueses, que já estava sendo atendido, se impressionou com todo aquele movimento:

– Que disposição para o trabalho! É disso que este país precisa, de gente trabalhadeira!

– É, desse medo a gente não morre – disse o borracheiro, sem parar o que estava fazendo.

E mais pneu furando, e mais gente chegando. O homem começava a ficar preocupado. Já havia três carros na espera. Chamou o ajudante e lhe cochichou no ouvido:

— Corre lá e desarma aquele trem.

O ajudante saiu sorrateiramente por trás da movimentada oficina e sumiu. Passados alguns minutos, retornou. Discretamente, fez um sinal de positivo para o patrão e pegou no serviço novamente.

Uma hora e meia e muita reclamação depois, estava tudo encerrado e os carros despachados.

Recompostos, estavam os dois novamente postados na frente da birosca.

— E aí, seu Juca, posso ir lá de novo? Já tem mais de meia hora que não para ninguém – perguntou o ajudante.

— Vai logo, vai logo! – E fez um sinal com a mão para que o rapaz se afastasse.

Francino deu um pequeno galope, mas, por um momento, parou. Voltou-se para o patrão, meio inseguro, e perguntou:

— Seu Juca...

O homem, assentado no chão, o fitou de baixo para cima, sem dizer nada, esperando que ele terminasse a frase.

— Será que isso é certo?

— Isso o quê? – retrucou o patrão.

— Isso que a gente está fazendo...

O homem fez um longo silêncio, como se não fosse responder... porém respondeu:

— Não foi você que deu a ideia?

— Mas o senhor aceitou.

— Hum... – resmungou, sem argumento.

— E se um carro perde o controle e bate? – disse o ajudante.

— Não vai acontecer. Batida também não é assim à toa! – disse o dono, irritado, justificando-se.

— Mas que pode acontecer, isso pode.

— Pode, mas não vai acontecer! — berrou e saiu para a beira da estrada, pensativo.

— Tá bom, eu vou lá. — E saiu para reativar a armadilha.

O homem virou-se e viu o empregado correndo, já longe:

— Francino! — gritou.

O empregado parou e ficou esperando. O patrão não disse nada e sentou-se na frente da borracharia novamente, as mãos apoiadas nos joelhos. O empregado se aproximou.

— Eu não sei — disse o patrão, olhando para o chão. — E se um carro bater?

— Não bate, não, seu Juca. — Agora era o outro que se justificava.

— Mas não foi você mesmo que veio com essa ideia de batida? Que botou essa preocupação na minha cabeça? — disse o patrão sem paciência.

— Não sei, seu Juca. Uma hora eu fico preocupado, outra hora acho que não vai acontecer nada demais... — E sentou-se ao lado do patrão.

E assim ficaram os dois, em meio àquela dúvida cruel, com suas análises de consciência, até que, quase ao mesmo tempo, cheios de tanto matutar, entreolharam-se, com o mesmo brilho nos olhos, numa conversa telepática.

O patrão esboçou um sorriso matreiro e ordenou:

— Vai armar aquela tralha de novo, seu merda! O Brasil precisa de gente trabalhadeira! — E ficou a observar o empregado, que saiu aos saltos, feito um maluco, em direção à estrada.

Coisa melhor

Crônica dedicada a Francisco de Assis Araújo

Eram duas da tarde de uma sexta-feira. Logo que entrei no pequeno espaço da recepção, um funcionário que estava sentado no fundo da sala, lendo o jornal, levantou-se e veio me atender. Caminhou de onde estava até o balcão, mecanicamente, desviando das mesas, sem tirar os olhos do jornal. Só quando chegou à minha frente e acabou de ler a notícia é que me encarou:

– Pois não, senhor – disse, naquele estado de transe que atinge as repartições públicas nas tardes de sexta-feira.

– Eu gostaria de falar com o senhor Antônio Carlos – eu disse.

– Antônio Carlos... Antônio Carlos... – ele repetiu para si próprio, parecendo buscar em sua memória o dono do tal nome.

Para ajudá-lo, mostrei a ficha que me deram com a ordem de serviço:

– É este aqui, olha. – E apontei a papeleta com o nome completo do homem que eu procurava, que vinha a ser o chefe daquela seção.

– Ah, Antônio Carlos – lembrou finalmente o diligente funcionário. – É o Bocão! – exclamou, como quem diz "Por que não falou logo que era o Bocão?". – O que é que o senhor deseja, exatamente? – ele quis saber, me olhando melhor e analisando o meu tipo.

Eu expliquei detalhadamente que vinha a mando da matriz para fazer diversas vistorias na cidade e que estava autorizado a requisitar um funcionário daquela unidade para me acompanhar, e sugeri que fosse ele mesmo. Seu raciocínio foi instantâneo:

– Perfeitamente, doutor, não tem problema nenhum, mas vou fazer coisa melhor. – E me pediu que o acompanhasse até o pavimento superior. Deu duas batidinhas na porta e, sem esperar resposta, abriu-a toda, deixando-me à mostra para a pessoa que estava na mesa em frente.

– Bocão, o doutor aqui quer falar contigo. – E, aliviado, despediu-se, dando a sua participação por encerrada e arrastando-se de volta para o seu posto. São e salvo.

Diante de minha presença, o chefe Bocão, ao contrário do outro, suspendeu imediatamente a leitura do jornal e veio me cumprimentar, solícito, com simpatia e sorrisos. Ambos enormes.

– Perfeitamente, doutor, faz o favor de assentar-se. – E puxou a cadeira para mim, batendo o estofado e levantando poeira; poucos segundos antes, ali repousavam seus pés.

Eu me acomodei e, depois de "tudo bem", "tudo bom", expliquei novamente, com todos os detalhes, o motivo da minha visita e lhe passei a ordem que eu trazia:

– ... Então é isso, senhor Antônio Carlos, eu vim para visitar estas unidades e gostaria de saber se o senhor pode me acompanhar durante as vistorias.

– Perfeitamente, doutor – ele assentiu, meio de surpresa, e, após ganhar um curto tempo para raciocinar, ofereceu outra solução. – Não tem problema nenhum, mas eu vou fazer coisa melhor. – E pegou o telefone.

Antes de discar, me explicou, com a mão sobre o bocal do aparelho:

– Sabe o que é, doutor, eu estou aqui pensando, essa parte de campo é mais com o nosso encarregado

de operações. Ele conhece isso tudo como a palma da mão. – E discou um ramal.

– Cabeção, você pode dar uma chegadinha aqui na minha sala?

Em poucos minutos o Cabeção colocou o cabeção na porta entreaberta.

– Fala, Bocão.

– Cabeção, entra aí, o doutor gostaria de trocar uma palavrinha contigo.

O Cabeção entrou na sala e ficou esperando que eu trocasse uma palavrinha com ele. Eu, sem alternativa, expliquei tudo de novo, terminando com o fatídico pedido:

– ... e eu preciso que você me acompanhe durante essas vistorias.

– Perfeitamente, doutor. – E, caminhando para a janela que dava para o pátio interno do galpão, lentamente, mas com uma agilidade mental na velocidade da luz, pronunciou-se: – Não tem problema nenhum, doutor, mas eu vou fazer coisa melhor.

E, enfiando a cara para fora da janela, gritou para alguém que estava embaixo, no pátio.

– Ô, Pezão! Sobe aqui rapidinho que tem um negócio pra ti!

Estupefato com aquela formidável dinâmica de atendimento, fiquei à espera. Passados alguns minutos, cafezinhos servidos, água etc., o Pezão entrou na sala – com pés que dispensavam explicação – e juntou-se às demais partes do corpo humano para continuarmos a reunião.

O Cabeção me apresentou o subordinado:

– Este é o homem, doutor. – Virou-se para o funcionário e explicou: – Pezão, o doutor está precisando de uma colaboração sua. Ele vai te explicar.

E me passou solenemente a palavra.

Eu, sem mais recurso diante daquela tríade imbatível, unidos e revigorados a cada minuto que avançava a sexta-feira, pus-me a explicar tudo ao prestigiado Pezão, que, sem nenhuma dúvida ou pergunta, me ouviu atentamente até o final. Quando falei na necessidade de alguém me acompanhar durante o serviço, ele ficou me olhando, pensou, pensou e, antes de dar seu parecer, perguntou as horas – pelo tempo que estávamos reunidos, já deviam ser mais de três da tarde –, fez uns cálculos mentais e sentenciou:

– Bem, não tem problema não, mas eu vou fazer coisa melhor...

Depois dessa, eu não esperei mais nada. Não sendo páreo para aquela súcia de estrategistas, capitulei. Fui fazer coisa melhor.

O polivalente

– Por favor, meu caro, onde fica a prefeitura?

Eu acabara de chegar à cidade – como todas aquelas agradáveis e mínimas cidades de Minas, nessa também tudo era tão simples que uma simpática casa baixa, com cadeiras na varanda e canteiros de onze-horas, poderia perfeitamente ser o prédio da prefeitura.

Informei-me, então, com um passante, que atenciosamente me orientou.

– Olha ali a pessoa certa. Parece até que estava esperando o senhor. – E apontou um homem que acompanhava uma equipe de limpeza na rua.

Eu me aproximei e me apresentei. Expliquei que tinha uma reunião marcada com o prefeito para tratar de alguns projetos e vistoriar algumas obras. Ele, parecendo estar a par de minha visita, ficou admirado.

– Mas, meu Deus, não era à tarde?

– Sim – eu o tranquilizei –, realmente é à tarde, às duas horas, mas eu me antecipei um pouco e queria apenas me certificar do local. Eu ainda vou almoçar, com calma, o senhor não se preocupe.

– Ainda bem, eu já estava apavorado. É tanta coisa pra cuidar – disse, confirmando que sabia da minha vinda.

– Bem, então o senhor também vai participar da reunião?

– Vou, claro, aqui eu sou polivalente.

Em seguida ele me mostrou o prédio da prefeitura, ao longe, e despediu-se, agradecendo cortesmente o meu convite para almoçar.

Resolvida a questão do almoço, dei umas poucas voltas pelo lugarejo e, não tendo nada mais a olhar, dirigi-me à prefeitura para aguardar o horário agendado. No pequeno *hall* de entrada, observei um balcão lateral, onde um funcionário atendia a uma fila de pessoas e distribuía pacotes pequenos, que pareciam conter sementes. Usava luvas até os cotovelos para apanhar os embrulhos, muito empoeirados, e fazia a distribuição com desenvoltura.

Aproximei-me para solicitar uma informação e observei que se tratava do mesmo funcionário que havia me atendido na rua, antes do almoço. Ele também me viu:

– Adiantado mais uma vez, hein, doutor? Aqui estou eu de novo – disse, sem parar o que estava fazendo. – Mas o senhor aguarde só um minutinho que já está no fim. Eu faço questão de lhe acompanhar até o gabinete.

Instalei-me na recepção e me distraí com aquele movimento todo, enquanto esperava que o solícito funcionário me levasse ao chefe de gabinete. Em poucos minutos ele se desincumbiu da tarefa e veio em minha direção.

– Vamos subir, doutor, que eu vou ver se consigo adiantar a reunião, que é para o senhor não perder seu tempo.

Indicou-me a sala que tinha uma plaqueta na porta e me pediu que fosse entrando, que ele iria lavar as mãos. E entrou por outra porta, desvestindo as luvas compridas.

Eu entrei na sala e me assentei na cadeira que estava de frente para a mesa, que imaginei ser a do chefe de gabinete. Em pouco tempo a porta dos fundos se abriu, e entrou novamente o meu amigo. Já livre da poeira, de camisa trocada, enxugando as mãos e o pescoço com uma toalha, acomodou-se atrás da mesa e, logo entendi, era mais uma função do polivalente: ele era também o chefe de gabinete.

Conversamos um pouco e ele estava realmente a par de tudo. Depois de discutirmos sobre todos os empreendimentos, eu o informei de que precisava vistoriar as obras, de preferência acompanhado pelo secretário ou por algum engenheiro. Diante de minha solicitação, ele prontamente me respondeu que era polivalente. Ligou para alguém e pediu que um motorista nos apanhasse na porta da prefeitura. Eu, sem coragem de perguntar se ele também era o secretário de obras, o acompanhei, e passamos o resto da tarde correndo os diversos distritos do município.

Depois de percorrer muitos caminhos, bairros e povoados, retornamos à sede do município, com o trabalho concluído. Foi, na verdade, muito mais fácil do que de costume. O amigo polivalente facilitou, evitando a tradicional baldeação entre gabinetes e secretarias.

Por fim, restavam apenas as assinaturas do prefeito – normalmente a parte

mais demorada e cansativa do trabalho. Eu, já íntimo do meu amigo polivalente, abusei de sua boa vontade quando voltamos ao gabinete.

– Bem, meu caro, você já resolveu tanta coisa, não custa nada resolver mais umazinha. Por favor, leve estes contratos todos e faça com que o seu prefeito os assine o mais rápido possível.

Ele, de início, me olhou com estranheza, parecendo não aprovar aquele abuso, mas, em segundos, voltou ao normal, recobrando a sua presteza. Tomou-me os papéis da mão e entrou na sala do prefeito, sinalizando para que eu aguardasse na antessala.

Eu fiquei na pequena recepção, esperando. Passados uns quinze minutos, a secretária foi acionada pelo telefone:

– O prefeito está pedindo que o senhor entre. – E me indicou a porta.

Eu me levantei e entrei na sala.

Com uma reluzente gravata vermelha, o prefeito veio me receber à porta e me entregou os papéis, agradecido.

– Pronto, doutor, está tudo resolvido.

Era o polivalente.

O candidato recomendado

Aquele era um dia de responsabilidade para seu Zé Inácio, que tinha como incumbência selecionar um grupo de serventes para a construção que estava para iniciar.

Antes das sete, o portão da obra já estava lotado de candidatos, todos enfileirados à espera para serem entrevistados. Seu Zé Inácio dava uma importância fenomenal àquela função. Chamava um a um em sua sala e, com sua cara fechada, seus modos ríspidos, fazia as perguntas de sempre: "Está acostumado com serviço de homem?", "Tem tempo para fazer hora extra ou sua mulher te manda chegar cedo em casa?" – e outras do mesmo nível. Fazia questão de intimidar os candidatos com o que dizia ser o seu critério.

Na obra, falavam que tinha implicância com carioca, "uns malandrões", e, quando aceitava um, era para arrancar-lhe o couro. Protegia os conterrâneos, segundo se dizia, o que, aliás, era fácil de comprovar pela enormidade de nordestinos que mantinha no canteiro. Tinha diversas cismas. Uma delas era com canela grossa. Mandava o sujeito levantar as calças e mostrar; se tivesse canela grossa e roliça, dispensava na hora – "canela de preguiçoso, moleirão". Mas era funcionário dos bons, rigoroso, criado nas lides da construção desde os catorze anos, quando chegara ao Rio. Era de confiança absoluta da empresa, que a ele delegava toda a autonomia.

Trabalhou em tudo o que era função de uma obra. Começou carregando saco de cimento, descarregando caminhão de tijolo, virando massa, até atingir o último posto da carreira, o de mestre, que ocupava com arrogância e pulso forte. Tinha a saúde de um leão nos seus quase sessenta anos, ostentados sob a pele muito morena de baiano genuíno, a caraça redonda, o nariz largo.

Trazia consigo ainda intacta a fama de bom lutador, campeão de braço de ferro e de lutas de boxe, que, trinta anos atrás, disputava a valer e em que era imbatível. Ganhou muito dinheiro, corria a lenda. Foi nessa época também que recebeu um apelido que abominava e que acompanhou a sua fama: Zé Macaco. Ai daquele que pronunciasse a terrível alcunha em sua presença. E, de fato, ninguém nem sonhava em cometer tal desplante, embora, à boca pequena, às suas costas, o apelido corresse entre todos, principalmente entre os desafetos e subalternos mais afoitos.

Continuava o seu Zé Inácio a receber seus candidatos, quando olhou as horas e, vendo que já passava das dez e meia, chegou na beirada da laje e gritou para o escritório, que ficava embaixo:

– Ô, Machado, manda encerrar. Já basta com estes daqui. Manda ir embora esse resto que não careço de mais gente, não.

E o funcionário do escritório despachou aquele bando de homens que ainda aguardavam na fila, sob resmungos e protestos.

Concluídas as últimas sabatinas, o mestre de obras mandou bater o sinal das onze horas e foi para o seu cômodo esquentar o almoço.

Passada quase uma hora, com as entrevistas terminadas já havia algum tempo, aparece um retardatário no portão, jornal com o anúncio das vagas debaixo do braço, dizendo-se candidato ao posto de servente. Na guarita de entrada, o porteiro informa que as entrevistas já estavam encerradas. O homem insiste, querendo falar com o mestre de obras e dizendo que não ia perder a viagem. Diante da insistência, o porteiro bate o telefone para o escritório:

— Seu Machado, tem aqui um outro que quer ser entrevistado.

— Pois diga a ele que não tem mais entrevista, que já acabou.

— Mas eu disse, e ele quer assim mesmo.

— Ora, se já acabou! Já estamos em horário de almoço! — irritou-se o outro.

— Seu Machado, ele diz que vem recomendado e que não se responsabiliza se não for atendido.

O homem do outro lado fez um silêncio breve e, contrariado, achou mais prudente acatar:

— Manda entrar o desinfeliz.

O candidato passou pelo portão, cruzou toda a obra, por entre os peões que almoçavam distribuídos pelos cantos do terreno, e chegou à porta do escritório. Entrou e se apresentou, sem muito caso:

— Eu vim para a vaga de servente. Estou recomendado.

Depois de algum tempo fitando o retardatário — ar insolente, físico franzino —, o chefe do escritório falou:

— Está recomendado... e por quem você está recomendado?

— Ah, isso eu falo com quem for resolver — e mais nada disse.

O outro avermelhou-se de raiva com a resposta, o sangue nordestino lhe subiu, porém se conteve. Respirou fundo, pensou dois segundos e continuou dando trela ao candidato:

– Pois bem, então você fale direto com o nosso mestre de obras. Ele está em horário de almoço, mas ele não se importa, ele é tranquilo. Você pode ir lá. É naquele compartimento ali, na segunda laje. Você bate lá e diz que quer falar com o seu Zé Macaco.

E assim fez o desinfeliz. Tomou o caminho indicado e subiu a curta escada de madeira, dirigindo-se para a sala do mestre de obras.

Nesse ínfimo intervalo de tempo, enquanto o incauto candidato subia ao encontro de seu Zé Inácio, a notícia se espalhava pela obra e, num relâmpago, já estavam todos a postos para apreciar o desfecho da tragédia.

O candidato bateu de leve e entrou. Foi só o tempo de a porta fechar, e ouviu-se um terremoto dentro do cômodo e o homem saindo de cata-cavaco, totalmente sem rumo, feito uma bala, sob o estrondo da voz que ecoava no seu rastro:

– Zé Macaco é a sua mãe! Apustemado! Cabrunquento! Filho duma égua!

O candidato recomendado saltou da laje ao chão, cruzou o canteiro de obras com dois pulos e vazou pelo portão afora sem nem olhar para os lados.

Na obra não se ouviu um pio quando o seu Zé Inácio apontou na laje, soltando fogo pelas ventas. Não houve quem se manifestasse. Todos terminavam mansamente de almoçar.

O teste

– Meu bem, se você algum dia for me trair, eu gostaria que você me avisasse antes.

O marido olhou assustado para a mulher, diante daquela frase tão insólita, dita com tanta tranquilidade.

– Mas o que é isso? Do que você está falando?
– Nada, só estou falando.
– Mas por que isso agora?
– Nada, nada... só estou falando.

Ela dissera o que dissera, sem sequer tirar os olhos da revista. Ele baixara o jornal, pasmo, e pasmo estava até agora. Ficou tentando imaginar de onde ela tirara aquele assunto. Pôs-se a reparar nela, sentada de lado no sofá, com os pés para cima, quase de costas, inabalável. E não se conteve:

– Escuta aqui, Mariângela, agora você vai me explicar! O que é que você quis dizer com isso?
– Não quis dizer nada, por quê?
– Porque isso não tem sentido! Que besteira é essa?
– Não é nada, eu já disse.

Depois de um breve silêncio, ela atacou novamente, com o mesmo ar seguro e despreocupado, com as palavras preparadas:

– Por quê? Você ficou preocupado?
– Não, claro que não. Ainda mais com uma idiotice dessas! – E saiu para a cozinha, buscando uma trégua no assunto.

Alguma coisa havia no ar, e ele haveria de descobrir. O que ela poderia estar pensando? Preocupado, ele começou a procurar pela casa, disfarçadamente, algum indício de que ele próprio tivesse cometido alguma gafe... Quem sabe esquecido algum objeto comprometedor... Procurou no quarto, no banheiro, nas lixeiras, nas gavetas. Alguma falha ele cometera. Mas qual? Não se lembrava de absolutamente nada.

Voltou para a sala, ainda tenso. Talvez ela estivesse preparando o bote: iria tirar um brinco, um batom. Alguma prova ela tinha, com toda aquela segurança.

– Meu bem? – ela o chamou.

Ele virou-se, despistando o sobressalto:

– Oi – respondeu, querendo fazer-se de tranquilo.

– Qual foi a última mulher com quem você conversou?

– Mulher? Como mulher?

– Mulher, ué! Você não sabe o que é mulher? – perguntou serenamente.

– Para com isso, Mariângela! O que deu em você?!

– Nada, apenas te perguntei com que mulher você conversou por último. Você não pode responder?

Ele tentou ganhar tempo para pensar no que diria:

– A última foi você, ora.

– E antes de mim? – ela continuou, calma e implacável.

– Ah, não sei! Ou você acha que eu vou ficar anotando as pessoas com quem eu falo?

– Não, não acho. Mas você não se lembra?

Ele procurou lembrar com quem realmente estivera. Ela poderia estar preparando alguma armadilha.

– Sei lá, acho que foi com a Sílvia.

– Certo – ela respondeu numa aprovação meio sinistra e encerrou a questão.

Ele, por sua vez, ficou ainda mais tenso. A mulher, serena, impassível, lendo a revista. Preparava o bote final,

ele pensou. Iria desmascará-lo sem piedade, sem dar-lhe a menor chance.

Assim que a mulher fez menção de abrir a boca novamente, ele não suportou a pressão e desesperou-se:

– Está bem, pode dizer o que você descobriu! – E precipitou-se a contar um monte de bobagens e a confessar coisas ridículas. A cada história, ele gritava: – É isso? Diga! Diga!

A mulher, espantada com aquela reação inesperada, sem saber o que dizer, resolveu abrir o jogo:

– Não é nada disso – falou meio sem jeito.

– Então, o que é! Diga logo!

– É apenas um teste que tem nesta revista.

– Teste? Que teste é esse?!

– Sim, um teste da revista. Está aqui, ó: "Saiba com quem anda o seu marido". – E virou a revista para ele, apontando o título no alto da página.

Incrédulo e totalmente desorientado, ele achou melhor ter um troço. E teve.

Tempo de chuva

Carlos Almeida

Suplemento de leitura

Tempo de chuva reúne dezesseis crônicas de Carlos Almeida. São histórias que nos levam a andanças, situações e encontros contados por um narrador (personagem ou observador) atento às situações improváveis do dia a dia. Algumas remetem à contação de causos e nos fazem lembrar o humor ingênuo da gente simples, outras desvelam as diferenças entre gêneros de modo reflexivo e irônico, e em algumas se passa do humor a uma observação mais reflexiva sobre a relação entre adultos e crianças. E duas crônicas nos levam da lembrança de momentos vividos durante a infância ao encontro do sorriso matreiro de um homem que, mesmo na velhice, conserva o jeito curioso e feliz dos anos vividos.

Por dentro do texto

Enredo e personagens

1. Na crônica "Tempo de chuva", a narrativa se constrói pela lembrança de alguns episódios da vida do narrador-personagem.

   a) O que motiva essas lembranças?

   b) Que marcas temporais ou trechos da narrativa nos levam a supor que o narrador conta fatos ligados à sua infância?

   c) Em algumas passagens do texto, a narrativa se dá na 1ª pessoa do plural, fazendo referência a outras personagens envolvidas no enredo. Com base nessa constatação, quem podemos supor que sejam essas outras personagens da história?

d) O que você entende pela frase: "Os planos eram tão bons quanto a realização" (p. 12)? Explique.

2. Em "Clarice a bordo", o narrador-personagem se vê sensibilizado por uma situação-chave que ocorre com uma menina desconhecida, que o motiva a parar o carro para ajudar.

a) Que situação é essa?

b) Qual a reação final da menina? O que essa reação demonstra sobre seus sentimentos em relação à situação vivida?

O patrão esboçou um sorriso matreiro e ordenou:

– Vai armar aquela tralha de novo, seu merda! O Brasil precisa de gente trabalhadeira! – E ficou a observar o empregado, que saiu aos saltos, feito um maluco, em direção à estrada. (p. 35)

Na crônica "Gente trabalhadeira", conhecemos seu Juca, dono de uma borracharia, e seu empregado, ambos trabalhadores que, para exercer seu ofício, armam um esquema ilícito para provocar furo em pneus de carros e assim obter clientes. Releia essa crônica e debata com seus colegas sobre o sentido da frase "O Brasil precisa de gente trabalhadeira". Para aprofundar e fazer um contraponto à questão, pesquise o conceito de ética. De acordo com Marilena Chaui, a ética nasce "quando se passa a indagar o que são, de onde vêm e o que valem os costumes".

Tempo (a crônica se passa em um curto espaço de tempo)	
Desfecho	

Agora, que tal tentar transformar esse roteiro em uma crônica?

Depois de produzirem os textos, em círculo, leiam as crônicas em voz alta, compartilhem os textos entre os colegas para conhecer o olhar de cada um sobre o cotidiano escolar.

Atividade complementar
•
(Sugestão para Filosofia e História)

10. Releia o trecho:

> *E assim ficaram os dois, em meio àquela dúvida cruel, com suas análises de consciência, até que, quase ao mesmo tempo, cheios de tanto matutar, entreolharam-se, com o mesmo brilho nos olhos, numa conversa telepática.*

3. Seu Manoelzinho Pisca, um senhor gordinho, de chapéu grande, e que piscava os olhos sem parar, é o "responsável" por dar informações no lugarejo onde vive: orgulha-se de conhecer tudo e todos. No entanto, fica furioso ao não identificar um morador: Orozimbo.

   a) Por que seu Manoelzinho Pisca não conhece Orozimbo?

   b) Quem foi capaz de identificar esse morador? Por quê?

   c) Por qual nome Orozimbo é conhecido?

4. Releia o trecho.

   Não sendo páreo para aquela súcia de estrategistas, capitulei. Fui fazer coisa melhor. (p. 40)

   O narrador-personagem da crônica "Coisa melhor" narra sua ida a um local onde se depara com funcionários os quais qualifica como "súcia de estrategistas".

Tempo e espaço

5. Leia o trecho a seguir:

> *Eu já estava perdendo o domínio dos meus passos, sacolejando pelo corredor, à mercê das freadas do motorista e do fluxo de gente. Em determinado momento, fui forçado a ocupar um pequeno vazio ao lado do motorista para que uma senhora pudesse saltar, operação que mobilizou um terço dos passageiros, tal era a envergadura da mulher e a quantidade de coisas que sobraçava numa sacola de compras. (p. 26-27)*

a) No trecho, há alguns indícios do local onde o narrador-personagem se encontra: dentro de um ônibus. Levante as referências a esse local.

_____

_____

_____

b) Podemos localizar, na narrativa, o espaço percorrido por esse ônibus?

_____

_____

c) Ao descer, ele percebe que esqueceu algo. O que ele deixou dentro do ônibus?

_____

sendo, ela mesma, motivo de assunto para o desenvolvimento da crônica em questão.

a) O que a personagem quer dizer com essa expressão?

b) Como podemos analisar essa variação linguística?

c) Qual o tom dado à narrativa? Por que a expressão "não tem errada" acaba se tornando o assunto principal da crônica em questão?

Produção de textos

9. Vamos produzir uma crônica?

Para isso, será importante afinar o olhar para os acontecimentos do cotidiano. Sugerimos que você escolha um acontecimento em torno do contexto escolar: desde algo que você vivencia ao ir para a escola, alguma experiência ou observação durante o período escolar (na sua turma ou na escola como um todo), ou mesmo no final do período. O importante é conseguir trazer à tona algo que transforme esse fato cotidiano de sua vida em um espaço de curiosidade e surpresa.

Antes de iniciar a escrita, planeje seu texto. Para isso, reflita sobre os itens a seguir e preencha o quadro:

Foco narrativo (narrador-personagem ou narrador-observador)	
Personagens (quem)	
Tom da narrativa (poética, humorística, irônica, reflexiva)	
Enredo (como se desenvolve a narrativa)	
Espaço (onde ocorreu a situação)	

a) Quem são esses funcionários e por que o narrador-personagem os qualifica como "súcia de estrategistas"?

b) Relacione o espaço e o tempo apontados na narrativa com a forma como as personagens agem. Discuta com os colegas se isso interfere no comportamento desses funcionários. Como contra-argumento a esse debate, compare as características das personagens de "Coisa melhor" e "O polivalente".

d) Como os livros foram parar nas mãos de outra pessoa?

_____

e) Conseguimos determinar o tempo dos fatos narrados?

_____

Foco narrativo

6. Em uma crônica temos a presença de um **narrador-personagem**, quando a história é contada em 1ª pessoa e o autor se transforma em parte da narrativa, e de um **narrador-observador**, quando o texto está na 3ª pessoa e o autor fica de fora da narrativa. Identifique o foco narrativo dos trechos a seguir.

a) *Ela pegou a fruta. Estava tão azeda que teve de virar-se de costas, disfarçando para não desapontar o garoto.*
   – Está boa? – perguntou o pequeno.
   – É... está boa, muito boa. Eu vou ficar com essas. Pena que você não tenha mais – disse, para livrar-se do pixote e ao mesmo tempo, penalizada, querendo agradá-lo. (p. 24)

_____

_____

_____

b) *Eu temi pela sorte do pobre. Era desigual. O menino tratava o pai como se ele tivesse uma patente inferior à da mãe. Também, pudera, o infeliz chamava a mulher de "mãe", como o menino. Talvez o pirralho achasse que podia ter intimidades de irmão.*
Agora, estavam o homem e o garoto juntos e a mulher, sozinha, na minha frente. E o menino esbravejando. (p. 63)

Linguagem

7. Em "Aquela gente", notamos que a fala das duas personagens que estão na estrada apresenta um tipo de variedade linguística. Que variedade é essa?

8. Releia o trecho:

    > "[...] O senhor sabe onde é o posto, não sabe?... Exatamente, é esse mesmo. Não tem errada. Olha, eu estou de camisa branca... com uma pasta preta na mão". E repetia: "Não tem errada, não tem errada". (p. 53)

    No trecho acima a personagem repete, mais de uma vez, "não tem errada", expressão que acaba

Sem errada

Quando avistei de longe o homem de camisa branca, certifiquei-me de que era quem eu procurava. Lembrei-me de seu jeito falante ao telefone: "O senhor pode vir tranquilo, não tem errada. Eu vou estar no ponto de ônibus em frente ao posto policial da Vila Paraíso. O senhor sabe onde é o posto, não sabe?... Exatamente, é esse mesmo. Não tem errada. Olha, eu estou de camisa branca... com uma pasta preta na mão". E repetia: "Não tem errada, não tem errada".

De fato, não teve errada. Estava exatamente no local combinado. Apenas a pasta não era exatamente uma pasta, mas uma espécie de bolsa, que trazia a tiracolo. No entanto, tinha todo o jeito de quem esperava alguém, e foi só sinalizar com os faróis do carro que ele se adiantou para a beirada do meio-fio, acenando positivamente e desfazendo a última dúvida.

Eu encostei o carro e abri o vidro, ao que o homem se aproximou:

– Boa tarde, eu estava esperando o senhor – ele disse.
– Ótimo. Podemos ir, então?

O homem entrou no carro e se apresentou, muito cordial. Pessoalmente, pareceu-me bem mais comedido do que no contato telefônico. Muito elegante, falava pausadamente, com certa cerimônia:

– Perfeitamente, o senhor pode continuar em frente por esta mesma rua.

– É distante, até lá? – perguntei.

– Não, em quinze minutos estaremos lá.

O homem pareceu-me um tanto preocupado e, após um breve silêncio, perguntou:

– O que o senhor achou do que lhe contei pelo telefone? O senhor acha que ele corre algum risco?

Não entendi bem a pergunta. Na verdade, não me lembrava de ter tratado de nenhum assunto específico. De qualquer forma, tentei ganhar tempo:

– Bem, depende do tipo de risco a que o senhor se refere.

– Algum risco sério, risco de morrer. Existe algum risco de morte, doutor?

– Risco de morte? – repeti, assustado, e pensei cá comigo: "Do que este sujeito está falando, meu Deus?".

– Pois é, doutor, eu estou muito preocupado com isso – ele continuou.

– Mas o que está lhe preocupando, de fato? – perguntei, cada vez mais intrigado.

– Não sei. Ele fica ganindo pelos cantos o tempo inteiro. Dá pena de ver.

Eu freei o carro. Alguma coisa estava errada:

– Mas de quê, afinal, o senhor está falando? O senhor não é o corretor?

– Que corretor? – ele perguntou, um tanto desapontado.

– O corretor. Nós não estamos indo vistoriar um imóvel?

– Imóvel? Agora eu é que não estou entendendo? O senhor não é o veterinário que falou comigo pelo telefone há uma hora?

– Não, eu não sou veterinário. Eu falei, sim, pelo telefone, mas foi com um corretor, e marcamos um encontro naquele ponto em que o senhor estava.

– Não é possível. Bem que eu estranhei o seu cabelo – disse o homem.

– O meu cabelo? Agora mesmo é que piorou! E o que tem o meu cabelo a ver com a história?

– Sim, eu também estava esperando uma pessoa, um veterinário, e ele disse que tinha o cabelo vermelho.

– Cabelo vermelho!... Não me faltava mais nada.

– Pois eu também não entendi. Mas, como o amigo que o recomendou alertou-me sobre o seu temperamento extrovertido e o seu tipo brincalhão, eu achei que havia sido apenas uma brincadeira e nem levei em conta.

Sem mais perguntas, eu fiz o retorno e voltei para o ponto de partida. Bem ou mal, tudo fora esclarecido e, no caminho de volta, acabamos nos conformando com o ocorrido.

Na verdade, não chegamos a perder muito tempo, e, com toda a certeza, os nossos respectivos amigos ainda estariam no local combinado.

Voltamos ao ponto de ônibus, mas não identificamos ninguém. Poucas pessoas aguardavam. Estacionei o carro um pouco à frente, e esperamos por uns minutos. Nem um, nem outro. Resolvemos descer para perguntar.

– Por gentileza, meu amigo, o senhor está aqui há muito tempo? – dirigi-me a um homem no ponto.

– Uns vinte minutos.

– Nós marcamos um encontro aqui, mas nos atrasamos um pouco e, agora, estamos sem saber se as pessoas apareceram nesse meio-tempo.

– Olha, de fato, tinha aqui um sujeito meio destrambelhado, perguntando a todo mundo se não tinha passado um carro procurando por ele.

– Por acaso, ele estava de camisa branca, com uma pasta na mão?

– A camisa eu não lembro, mas ele estava com uma pasta, sim. Uma pasta com o fecho estragado. Por duas vezes, ele quase deixou cair tudo no chão.

– Só pode ser o corretor – concluí. – E o senhor não viu para que lado ele foi?

– Vi, sim. Parou aqui outro maluco, de cabelo vermelho, buzinando e piscando o farol. Na mesma hora ele entrou no carro, e os dois sumiram.

Olhamos um para o outro, eu e meu colega de infortúnio (ou talvez de sorte), convencidos de que nada mais havia a fazer. E resolvemos dar o dia por encerrado com um café.

E pensar que não tinha errada…

Caso de vida ou morte

A campainha tocou. Num sobressalto, a mulher acendeu o abajur e olhou o relógio na cabeceira: quase uma da manhã. Levantou-se ressabiada e dirigiu-se para a sala. Sem acender a luz, olhou no visor da porta e, depois de alguma dúvida, reconheceu quem estava batendo. Era um vizinho de andar, que morava havia poucos meses no prédio. Estranhou. Não o conhecia bem. Apenas de cumprimentos rápidos e raros encontros no elevador. Segundo soube, ele trabalhava em turnos, por isso quase não se viam. Os horários eram desencontrados. Depois de vacilar um pouco, achou melhor não abrir. "Sujeito estranho... sei lá o que ele quer." Em silêncio, voltou para o quarto e esperou uns minutos, com a luz do abajur acesa. Quando achou que o homem tinha desistido e já se preparava para voltar a dormir, a campainha tocou novamente. Ficou imóvel. Mais um pouco e tornou a tocar, duas vezes. "Inconveniente!" Irritada, percebeu que teria que atender. Voltou à sala, acendeu a luz e abriu a porta até o limite permitido pela correntinha de segurança; viu o vizinho em pé à sua frente, com um pequeno pote de plástico na mão.

– Desculpe incomodar a esta hora, mas eu precisava de um pouco de açúcar.

– Um pouco de açúcar! Você sabe que horas são? – ela retrucou irritada, olhando-o pela fresta da porta.

– Olha, eu reconheço que é um absurdo acordar alguém a esta hora para um pedido destes, mas, compreenda, eu não consigo passar a noite sem tomar café e estou sem uma colher de açúcar.

– Pois eu pensei que era caso de vida ou morte!

– Acredite, para mim, é.

A mulher, ainda mais irritada com aquele abuso, abriu finalmente a porta e pegou o pote das mãos do homem, deixando-o esperar no corredor. Voltou com a vasilha cheia e a entregou ao vizinho.

– Muito grato – disse ele e, depois de alguns segundos com o pote na mão, olhando para a mulher, meio sem jeito, vacilou, coçou a cabeça...

A mulher, estranhando aquele impasse, ficou aguardando a decisão do homem. "Será que ele ainda não está satisfeito?"

– Sabe o que é, tem outra coisa.

– Outra coisa? Que coisa? – impacientou-se a mulher.

– Bem... você precisa ir lá no meu apartamento.

– Me desculpe, mas você deve ser louco! – E fechou a porta na cara do homem.

– Não. Espere. Você não entendeu – disse batendo com os dedos na porta enquanto sussurrava. – Eu explico... eu explico...

Depois de um breve silêncio, a porta abriu-se novamente. A mulher esperando.

– Eu não sei como dizer... mas... você não poderia ir lá comigo?

– Escute aqui, meu caro, eu mal o conheço, não sei o que você faz nem o que pretende. Você bate à minha porta a esta hora da madrugada para pedir açúcar e agora quer que eu vá ao seu apartamento para ver algo sobre o qual você não pode me contar. Francamente...

– Mas é coisa séria, acredite.

A mulher sentiu uma ponta de desespero, quase uma súplica no pedido. E ele continuou:

– Olha, não se assuste, não é nada demais, você verá.

Depois de uns minutos de dúvida, ela se deu por vencida.

– Espere um pouco. – E entrou. Num instante voltou, com uma vestimenta adequada, e disse, entre decidida e aborrecida:

– Vamos lá.

Andaram até o outro lado do corredor, e o vizinho abriu a porta de seu apartamento.

– Pode entrar, esteja à vontade.

A mulher entrou na sala e observou o apartamento. A divisão era a mesma do seu, com a mesma disposição de cômodos e com o mesmo acabamento.

– Olha – disse o homem apontando para uma das portas fechadas –, o problema é no quarto.

– No quarto? – a mulher voltou a vacilar.

– É. Na verdade, não é um quarto. É o meu escritório. – E abriu cuidadosamente a porta, à procura de alguma coisa lá dentro, apenas por uma pequena fresta.

A mulher estava cada vez mais intrigada.

– Mas o que é que está havendo? Por que você não abre logo a porta?

Ele enfiou com cuidado a cabeça e, num salto, recuou, fechando a porta novamente.

– Está lá, no mesmo lugar – disse, sobressaltado.

– Está lá o quê, afinal?

– Olhe você mesma, eu não gosto nem de falar.

A mulher se aproximou da porta, abriu uma greta devagar e, aos poucos, enfiou a cabeça no ambiente. Olhou ao redor e ficou apavorada: livros, papéis, pastas, tudo espalhado pelo chão. Uma cadeira estava caída, a lixeira entornada, lápis, canetas, tudo no chão. Olhou ao redor: nada. Nenhum sinal de vida.

– Mas o que é que está acontecendo? Houve alguma briga aí dentro? Parece que passou um furacão.

– Você não viu?

– Não vi o quê?

– No canto da escrivaninha, bem em cima da mesa – ele explicou.

O homem abriu a porta novamente e fechou rápido:

– Está lá, no mesmo lugar, bem no cantinho da mesa.

A mulher voltou a enfiar a cara no cômodo, olhou para a escrivaninha e finalmente viu: bem no cantinho da mesa, absoluta, reinava uma imensa barata preta, daquelas voadoras, mexendo as anteninhas. Fechou a porta irritada, o sangue subindo-lhe à cabeça, revoltada pelo tempo perdido, e o vizinho à sua frente, com cara de bobo. "Paspalhão! E eu aqui, fazendo papel de idiota!" De imediato pensou em dizer-lhe uns desaforos e sair, mas, súbito, em meio à raiva, ocorreu-lhe uma ideia à altura daquele acinte. Recompôs-se e, ardilosamente, deu início à vingança:

– Ora, é uma barata na sua escrivaninha – ela disse, forçando naturalidade.

– Isso, uma barata. Das grandes, você viu? – disse, gaguejando.

– Vi. E porque você não a matou? – perguntou pacientemente.

– Pois esse é o problema. Eu tenho trauma de baratas. Até um tigre eu enfrento, mas baratas... Para baratas, eu prefiro chamar o Corpo de Bombeiros – disse tentando fazer piada, o que irritou mais ainda a mulher.

"Sem graça! Vai chamar o Corpo de Bombeiros, vai."

A muito custo, ela manteve a serenidade:

– Bem, se é só esse o problema...

Tirou a sandália do pé e, dirigindo-se para a porta, pediu ao vizinho:

– Vê se ela ainda está no mesmo lugar que eu vou entrar.

O vizinho aproximou-se da porta, abriu-a sorrateiramente e, assim que colocou a cabeça para dentro, a mulher o empurrou de supetão para o interior do cômodo e trancou a porta por fora. E, enquanto o homem, aos berros, esmurrava a porta, ela saiu calmamente em direção ao seu apartamento.

Em meio ao barulho, o vizinho do lado abriu a porta.

– O que aconteceu? O que é que está havendo?

Outras portas também se abriram, todos os moradores assustados, em trajes de dormir.

– Não sei, está vindo lá de dentro daquele apartamento – a mulher respondeu, apontando para a porta aberta do vizinho.

E, com um simulado ar de preocupação, alertou:

– Acho melhor chamar os bombeiros.

Depois, entrou calmamente em seu apartamento, fechou a porta e voltou a dormir.

A caninana, o capeta e o babaca

Certamente que este é um título estranho para uma crônica. Seja pela falta de propósito, seja pela grosseria, seja pelo simples mau gosto. Confesso que também relutei em mantê-lo, mas, na verdade, não encontrei um mais justo. E torço para que o infausto leitor fique convencido, ao final, de que o referido trio bem o merece.

A história começa com uma viagem de ônibus que fiz a trabalho. No dia e hora marcados, eu estava na plataforma de embarque e o ônibus tinha acabado de chegar. Fui dos primeiros a me apresentar. Entrei, procurando o número oito, que seria o meu lugar. Era logo na segunda fila, no lado do corredor. Assentei-me e comecei a ler o jornal que encontrei na poltrona.

Os outros passageiros foram chegando e enchendo o veículo. Lá pelas tantas, o motorista entrou, fechou a porta e começou a manobrá-lo para sair. Nisso, o funcionário que ficara na plataforma fez um sinal para que o motorista esperasse. Três passageiros atrasados. O motorista abriu novamente a porta e entrou um casal com um menino, afobados. O menino vinha arrastado pela mãe, esperneando e gritando como se o estivessem enforcando. O pai, carregado de malas, seguia mais atrás. A mulher, gorda e cansada da corrida, subiu com dificuldade a escada e, com mais dificuldade ainda, arrancou de algum bolso uns papéis embolados e entregou ao motorista. Eram as passagens. O motorista desamassou-as calmamente sobre a coxa, uma a uma, destacou uma parte de cada e devolveu-as à dona. Os três entraram e sentaram-se na primeira fila, logo na minha frente. De um lado do corredor, a mulher e o menino e, do outro, o marido. O menino continuava esbravejando.

– Está vendo? Essa sua ideia... Não tinha nada que inventar sorvete agora, em cima da hora da saída do ônibus – disse a mulher para o marido.

– Eu não dei pela hora, achei que dava tempo, mãe. – Ele chamava a mulher de mãe.

– Você está sempre achando errado. E, agora, troca de lugar comigo e vê se dá um jeito neste menino, que eu não vou aguentar esta peste berrando, não.

– Pode deixar que logo ele para, mãe.

– É, eu sei, assim que ele enlouquecer o ônibus inteiro, ele para. Anda, vem pra cá, troca comigo. – E fez o homem trocar de lado, puxando-o pelo ombro.

Eu temi pela sorte do pobre. Era desigual. O menino tratava o pai como se ele tivesse uma patente inferior à da mãe. Também, pudera, o infeliz chamava a mulher de "mãe", como o menino. Talvez o pirralho achasse que podia ter intimidades de irmão.

Agora, estavam o homem e o garoto juntos e a mulher, sozinha, na minha frente. E o menino esbravejando.

– Calma, neném, a gente já vai chegar e o papai compra o seu sorvete.

O pai parecia bem mais velho. Cara de aposentado de serviço público, movimentos parcimoniosos, quase em câmara lenta, lembrou-me muito o estilo de um que conheci, a pessoa mais lenta que alguém já pode ter visto em ação, cuja única e insubstituível função era calcular multas de carnês de INPS – algumas vezes cheguei a pensar que aquilo era uma ardilosa estratégia do governo para que desistíssemos de atrasar o imposto. Ninguém mais punha a mão em carnês naquela repartição. Quando ele não estava, nada feito. "Ih, isso aí é só com o *Fulano*. Esse negócio de cálculo dá um problema danado. É melhor o senhor voltar amanhã, que *ele* calcula isso certinho, tim-tim por tim-tim." E todo mundo voltava amanhã, porque aquilo dava um problema danado se *ele* não calculasse "tim-tim por tim-tim".

Retornando ao ônibus, o homem pelejava com o garoto, que cismara de descer para o corredor e tentava, de todas as maneiras, passar por cima do pai, que apenas o imobilizava e o deixava fazer força, vencendo no cansaço, como o calculador do INPS fazia conosco.

Aí foi que, numa distração do homem, o garoto fez um movimento mais brusco e... sua mão estalou na cara do pai. Em cheio. Pá! O som ecoou pelo ônibus inteiro. O pai ficou paralisado, com a cara rubra e os óculos desconjuntados. Os passageiros mais próximos pararam para olhar. O sangue lhe subiu à cabeça, e ele teve ímpetos de mandar a mão no moleque. Eu torcia muito, contudo, após um silêncio instantâneo, ele respirou fundo, arrumou os óculos e tudo ficou como estava.

A bofetada, porém, não foi de todo ruim, pois o garoto, que também acabara se assustando, sossegou o facho por um bom tempo. Depois, dormiu e acordou várias vezes, sem muita algazarra.

Quando estávamos já chegando ao destino, começou tudo de novo, com a história do sorvete.

– Calma, neném, já está chegando e o paizinho vai comprar.

O menino queria descer para o corredor e esperneava e chorava. Sem sucesso, tirou um dos pés do sapato e,

antes que o pai reagisse, o atirou por cima dos bancos, para o fundo do ônibus. A botinha passou rente a algumas cabeças irritadas e foi cair lá no fim do corredor. O pai olhou para os passageiros de trás, como que a se desculpar, e ficou aliviado por ninguém ter sido atingido.

Em meio a esse burburinho, o ônibus chegou à rodoviária. A mulher, em paz e descansada, levantou-se para tirar as bolsas do compartimento do teto do ônibus e logo pôs-se diante da escada para descer. O marido também levantou para apanhar as suas malas. O garoto aproveitou e desceu para perto da mãe, que logo notou o pé descalço do filho:

– Cadê o seu sapato, moleque?

Ele apontou para o fundo do corredor e mostrou o sapato jogado.

– Vai pegar! – disse a mãe, e saiu pisando forte, a caninana.

O menino, emburrado, já no corredor de descida, olhou para o pai e berrou:

– Pega você! – E também saiu pisando forte, o capeta.

Sem alternativa, o homem me olhou, impotente, e foi pegar o sapato. O babaca.

O caso do aviãozinho

Logo que cheguei à estação, encostei-me num pilar e comecei a ler o jornal enquanto esperava. Era um horário morto, de pouco movimento. Do lado oposto, os que iam em direção a Botafogo: uma roda de colegiais dividindo entre si alguma coisa. Do meu lado, para a Tijuca, apenas um velho, que acabara de chegar. Aliás, chamou-me a atenção. Não sei por quê, achei que não era um velho comum. Tinha uma aparência aristocrática, com um terno impecável, longos bigodes e bengala. Eu me pus a observá-lo. Deu-me uma súbita vontade de puxar conversa, mas ele estava concentrado em seus pensamentos. Na certa, lembrava com saudade o tempo dos bondes, que cairia tão bem com seus trajes. Não, eu não o importunaria.

De mais a mais, os estudantes já o estavam importunando com panfletos de propaganda, com os quais também fui premiado, antes de correrem para apanhar o trem que tinha chegado do outro lado.

Ficamos, portanto, os dois na estação: eu e o velho. Voltei a observá-lo, sorrateiramente, por sobre o jornal. Ele estava com o papel que recebera na mão e havia feito menção de lançá-lo ao lixo, quando percebi que um pequeno brilho iluminou seus olhos. Então, abriu um leve sorriso e começou a dobrar o papel criteriosamente, com um objetivo qualquer. Vez por outra, olhava de soslaio à sua volta. Via-me concentrado em minha leitura e retornava à sua tarefa. E eu voltava a olhá-lo.

Com que capricho se esmerou no projeto.

Deu então por terminado o serviço. Olhou várias vezes para mim, certificando-se de minha total alienação e, finalmente, mandou força no aviãozinho, que sobrevoou toda a plataforma, em sua aerodinâmica perfeita, indo pousar suavemente lá adiante, no final da pista, sob o olhar vibrante e pueril, coroado por um puro sorriso de satisfação.

Depois, olhou novamente para mim e, com a consciência tranquila e a alma rejuvenescida, recompôs-se e preparou-se para tomar o trem que vinha chegando.

Entrou num vagão, eu entrei em outro.

Eu tinha razão: não era um velho comum.

Sobre o autor

CARLOS ALMEIDA nasceu em 1959, em Três Rios (RJ), onde sempre viveu. É mestre em engenharia civil, profissão à qual se dedica em tempo integral há 35 anos. Ao longo de toda a vida tem escrito histórias e relatos – vistos, vividos e imaginados – sem qualquer outra intenção que não a de dar vazão aos impulsos naturais e inexplicáveis de quem escreve. Em 2009, ao fazer uma faxina em arquivos e gavetas, resolveu juntar 25 histórias e participar do III Concurso Literatura para Todos, promovido pelo Ministério da Educação (MEC), do qual saiu vencedor na categoria "Crônicas". Desde então, participou de outros eventos literários, tendo obtido 1º lugar no Prêmio Literário Sérgio Farina, em 2012, promovido pela cidade de São Leopoldo (RS) com a crônica "Dicionário para a vida inteira"; 1º lugar no Prêmio Rubem Braga, promovido pelo Sesc/DF em 2013, com o conto "O outro lado da estrada"; 3º lugar no Prêmio Escriba/2014, promovido pela cidade de Piracicaba e finalista do Prêmio Saraiva 2014, selecionado para publicação com o livro *Tempo de chuva*.